W0348744

Als man sich auf Weihnachten noch freuen konnte

Eine Weihnachtsgeschichte
von Konrad Windisch

Bisher sind acht Bände über Weihnachten von Konrad Windisch erschienen:

Vier Zeiten hat der lebendige Wald

Zeitig beginnen die Märchen

Ein Brief zu Weihnachten

Es gibt nichts Wirklicheres als Träume

Teiche sind wie wimpernlose Augen

Jetzt um diese Zeit

Verschwundene Weihnacht

Die Freunde der Dichtung von Konrad Windisch haben diese Bände sehr gut aufgenommen. Sie sind schon in vielen Auflagen erschienen. Es sind Geschichten zur Freude und zur Besinnung.

Das Buch erschien bereits in acht Auflagen.
8. Auflage, © 2018 Arndt Verlag

Neuauflage, © 2022 Pionier Verlag, eine Marke der
Media in Res Medien GmbH, Am Wassen-Süd 15/11,
4755 Zell an der Pram, Österreich

Alle Rechte vorbehalten. Die Verwertung der Texte und Bilder, auch nur auszugsweise, ist ohne Zustimmung des Verlags urheberrechtswidrig und strafbar. Dies gilt auch für Vervielfältigungen, Übersetzungen, Mikroverfilmung und für die Verarbeitung mit elektronischen Systemen.

ISBN 978-3-9505372-2-2

Umschlaggestaltung, alle Abbildungen und Layout:
Marie-Thérèse Czapka, ateliermtc.com

Als man sich auf Weihnachten noch freuen konnte

Als man sich auf Weihnachten noch freuen konnte — das war in der Kindheit. Aber sicher freuen sich die Kinder heute genauso. Wenn die Eltern Zeit für sie haben und falls sie überhaupt noch Eltern haben und nicht vermögenswerteschaffende Sorgepflichtige. Es kann ein Irrtum sein – aber ich empfinde, man konnte sich früher mehr auf Weihnachten freuen.

Ganz einfach, weil man Zeit dazu hatte.

*

Irgendetwas stimmt da nicht. „Früher" – wann war denn das? Es war vor dem Ausbruch des totalen Wohlstandes. Und gerade damals hatten die Menschen doch sicher weniger Freizeit und sicher weniger Geld. Eines der Rätsel, die weder durch Meinungsforschung noch durch soziologische Untersuchungen zu lösen sind. Und die man lösen sollte, um einer Spur menschlichen Glücks auf die Spur zu kommen. Denn früher, da hatten die Menschen weniger Freizeit, weniger Geld und mehr Zeit für die Freude. Nicht alle, nein. Aber mehr als heute. Glaube ich.

Wie kommt das?

Ich möchte mich erinnern, wie das in meiner Kindheit war, und da muss ich ein paar persönliche Bemerkungen anbringen. Diese Kindheit war in den Jahren vor und während des letzten Krieges. Meine Mutter war tot, ehe ich ihren Namen sagen konnte und die Verwandten, bei denen ich lebte, arm. Sie lebten nicht im Elend, aber sie waren arm. Für heutige Begriffe bitter arm. Die Wohnung in der Vorstadt war klein und alt. Das Äußerliche also war so, dass Kinder heute nicht glücklich wären, weil die Erwachsenen verzweifelt wären.

Aber für mich, damals, waren es wunderschöne Wochen, diese Wochen vor Weihnachten.

*

Eine Tante vertrat Mutterstelle. Täglich arbeitete sie bis sechs Uhr abends und am Samstag bis zwei Uhr nachmittags. Wenn ich sie in der Weihnachtszeit von der Fabrik abholte, hatten die meisten Geschäfte schon geschlossen. Aber die Auslagen waren hell beleuchtet, und es gab viele Auslagen zwischen der Fabrik und der Wohnung. Jeden Tag durfte ich mir ein Christbaumstück aussuchen und kaufen, jeden Tag eines. Da gab es viel zu überlegen, zu gustieren und sich zu freuen. Wenn ich daran denke, wie man jetzt, so zwischendurch seine Striche macht, wenn die Weihnachtsbaumbehangaktions-Liste herumgereicht wird. – Dort ein Kilo, von dem zwei Schachteln und dann noch drei Bonbonnieren zum „unter den Baum stellen“.

Während des Krieges gab es nur einen künstlichen Christbaum. Die Freude darüber war nicht übermäßig, und niemandem möchte man ein solches Gestell wünschen. Aber vorher wurde der Baum nicht – wie jetzt – nach mehr oder weniger dekorativen Gesichtspunkten ausgesucht. Er wurde gesucht! Tagelang wurde besichtigt, überlegt, die Kosten erörtert. Ich weiß nicht, wo die Zeit dazu herkam, aber die Zeit für die Freude war eben da. Und war er gefunden – der beste aller möglichen und erschwinglichen –, wurde er heimgeholt und vor der Wohnung am eisernen Gang angebunden. Bis zur Abholung durch dafür bestimmte Engel.

O ja, ich weiß schon. Ich höre die Einwände: „Fauler Zauber. Verdummung. Zeitverschwendung. Ein großer schöner Baum wäre besser gewesen.“ Vielleicht – nur, wer hätte denn einen solchen Baum, wie er jetzt im Zimmer steht, transportieren können? Jedenfalls habe ich mich über jeden Baum gefreut, und an viele kann ich mich noch heute erinnern, und um einige habe ich gekämpft, bis zum 2. Feber und bis zum letzten Christbaumstück. Es war etwas Lebendes, von dem man nicht Abschied nehmen wollte. Es war eine Freude.

*

Ja, das weiß ich auch: Freude ist etwas, das man weder angreifen noch schätzen, weder produzieren noch kaufen kann. So gesehen müsste es doch etwas Sinnloses sein. Ist es aber nicht für den, der Freude kennengelernt hat. Sei's drum, für den, dem das Wort Freude nicht real genug ist – lassen Sie mich „nostalgisch“ sein, lassen Sie mich von den Weihnachten erzählen, auf die ich mich noch richtig freuen konnte.

*

Es war etwas Schummriges, Unheimlich-Heimliches um das Innere der Kirchen um diese Zeit. Wo der Platz schon hergerichtet wurde für die Krippe, wo der Adventkranz duftete und einzelne Kerzen brannten. Straßenbeleuchtungen waren unbekannt, und in der Vorstadt gab es sogar noch Gaslaternen. Es war stiller, und das lag natürlich an dem geringeren Verkehr. Auch Radioapparate gab es noch wenige, und wir hatten noch keinen. Aber die Stimmung war – für mich zumindest – weihnachtlicher als jetzt, wo Weihnachten nur Weihnachten ist, wenn auch Waggerl draufsteht!

Vielleicht hat die Weihnachtswerbung Schuld, dass die Weihnachtsgeschenke größer und die Weihnachtsfreude kleiner geworden ist. Schon deshalb, weil sie jetzt Ende Oktober und demnächst schon Mitte August beginnt. Vielleicht nimmt man auch aus diesem Grund am Weihnachtsabend gar nicht so ungern eine Fernsehshow in Kauf, hat man doch schon wochenlang vorher Tannenreisig, beleuchtete Christbäume, strahlende Kinderaugen und Schneeflocken gesehen, bzw. die Stimme des Weihnachtsmannes und diverse Glöckchen bimmeln gehört. Und wochenlang die gleichen Lieder in allen Kauhäusern, in vielen Geschäften, immer die gleichen Lieder. Und wo sie nicht tönen, stehen die Schallplatten in Wühlkörben. So wird Stimmung nicht erzeugt, sondern getötet.

*

Wir sangen die Weihnachtslieder abends, um den Tisch, und eine Kerze brannte. Und einige Lieder gab es, die durfte man nicht anstimmen: „Dieses erst am Heiligen Abend." Sicher kommt es davon, dass mir bei einigen dieser Lieder unverschämterweise auch heute noch die Tränen kommen. Und auch die Wut, wenn ich sie abgeleiert in Kaufhäusern höre. Ob es die Kinder heute glücklich macht? Natürlich freuen sie sich auf den „brennenden Christbaum" zu Hause. Natürlich. Aber ob nicht das eine oder das andere dabei denkt: „No, der Christbaum vorne an der Ecke bei der Schule ist aber schon größer!"

Nichts gegen die Werbung. Wer wirtschaftlich denkt, wird sie begrüßen, und wer kann es sich heute erlauben, nicht wirtschaftlich zu denken? Ohne Werbung kein Umsatz, ohne Umsatz kein Wohlstand. Richtig. Aber nun reden wir ja von der Freude. Vielleicht sollte man die Weihnachtswerbung zeitlich beschränken – man tut's ja auch bei Wahlkämpfen. Als ich Kind war, wusste ich, dass der „Krampus kommt", wenn die Auslagen rot dekoriert waren. Und dass nachher bald das „Christkind" kommt. Und freute mich darauf. Nicht nur die Kinder freuten sich – es war ein gemeinsames Freuen und nicht einmal etwas Religiöses.

Es war die Freude auf die Freude.

*

Eines der seltsamsten Produkte sind jene Schokolade-Weihnachtsmänner, die anschließend (oder vorher) Osterhasen werden (oder waren). Nur das Stanniol verändert sich. Ein typisches Produkt finde ich und sicher zweckmäßig, praktisch und kostensparend. Nur – welches Kind freut sich über einen Weihnachtsmann, der sich beim Auspacken als Osterhase entpuppt? Oder welches Kind bemerkt das nicht eines Tages? Kinder sind nicht dumm. Sehr oft sind sie klüger und oft auch gescheiter als Erwachsene.

Wie war das? Am Morgen wieder ein Fenster des Adventkalenders öffnen, wieder ein Tag näher! Einkaufen mitgehen und die Neuigkeiten in den Schachteln bewundern, oder durch den grauen Morgen zur Schule stolpern, verschlafen, die Wärme in der Klasse spüren und den Schulweg nicht mehr so schrecklich finden, wo doch jeder Tag, jeder vergangene Tag, wieder ein Tag näher ist. Nachmittags das frühe Dämmern vor den Fenstern sehen, darauf warten, bis man mitgenommen wird durch die Straßen, vorbei an den Auslagen hinaus zum Stadtrand. Dort, wo der Park liegt und dahinter die Allee und dann schon der Wald. Von wo die Freude herkommen wird, die ganz große. Oder beim Ofen sitzen und jemand liest vor. Märchen, Geschichten. Oder zuhören, wie die Großen von ihren Weihnachten erzählen, die weit zurückliegen, so weit, dass es gar nicht mehr vorstellbar ist. Mit offenen Ohren und Augen zuhören, wie die Älteren miteinander reden, wie sie von damals reden.

Das gab's. Ich weiß, es klingt wie ein Märchen. Nein? Das gibt's doch jetzt auch? Ja, natürlich – nur – ehrlich sein! – wie ist das denn bei Ihnen? Wie oft sitzen Sie denn mit Ihren Kindern, Ihren Enkeln vor der Zentralheizung und lesen ihnen Märchen vor oder erzählen ihnen von den Weihnachten, die einmal waren? Wie oft gehen Sie denn allein oder mit Freunden oder mit Kindern langsam durch die Straßen, am dunklen Park vorbei zum Rand des Waldes, wo die große Freude herkommt? Ohne „unterwegs noch schnell etwas zu erledigen". Ganz langsam, ohne Termin und sei es ein „Zeit-im-Bild-Termin". Ein bisschen sentimental, ein bisschen losgelöst, angesteckt von der Freude eines anderen, die nichts mit Geschenken zu tun hat, die er sich bereits gekauft hat.

Wie oft denn? Jetzt, zu Weihnachten?

Oft?

Schön. Ich glaub's Ihnen.

*

Und so war das: Stehenbleiben und mit Entgegenkommenden, oft Fremden, plaudern. All diese dummen, alten, überholten Rituale machen, wie zum Beispiel Wunschzettel schreiben, die dann von irgendeinem Engel abgeholt werden. Oder mit ein paar Schilling in der Tasche ein Weihnachtsgeschenk für die Freundin auswählen, später dann, als die Kindheit vorbei war. Das Geschenk auswählen. Nach vielen Gesichtspunkten, nicht nur – aber natürlich auch – nach der vorhandenen Barschaft. Die Sorgen der Erwachsenen mitspüren, wenn auch nicht mitwissen, und glücklich sein, wenn plötzlich Freude da war.

Ich denke oft daran, wenn ich jetzt mit einem Zettel durch die Straßen fahre, um zwischendurch noch ein paar Geschenke zu erledigen, vorgeschriebene, gewünschte, notwendige. Abgehakt, erledigt. „Bitte gleich festlich einpacken?" „Ja, bitte." „Du armes Schwein", denke ich. Ich denke auch oft daran, wenn mir junge Leute erzählen, sie würden sich einmal „richtige Weihnachten leisten". Ich denke daran, dass ich großartige Erwachsene um mich gehabt haben muss. Denn ich denke noch oft und voll Sehnsucht an diese Weihnachtszeit.

*

Der Heilige Abend. Die Freude begann mit dem Erwachen, denn alle waren zu Hause. Die Großmutter und die Tante und der Onkel. Vater kam später, der hatte noch mit dem Christkind zu sprechen. Und wieder hatten alle Zeit – das ist es nämlich! Der Weihnachtsspaziergang – je nach Wetter lang oder kurz und besonders lang bei Schnee. Einmal, da fand ich im Park auf einem Zweig einen Faden Lametta. Den hatte ein Engel verloren! Zu Mittag gab es nur eine Suppe, aber niemand rannte herum und kochte, reinigte, räumte weg. Es war alles ruhig und die Tür zum Zimmer verschlossen. Und alles saß um den Tisch, es war warm – und die Freude war im Raum.

Sicher – bei vielen, vielen Kindern wird es heute genauso sein. Sicher – alles ist verklärt in der Kindheit. Und doch – es gibt Unterschiede. Zum Beispiel: das wichtigste Gespräch am ersten Schultag nach Weihnachten war natürlich „Was hat dir das Christkind gebracht?“, oder später „Was hast du bekommen?“ Aber nie sagte der eine zum anderen am letzten Schultag vor Weihnachten: „Ich bekomme zu Weihnachten …“

Nie.

Hören Sie doch Ihren Kindern zu. Viele wissen alles. Zuviele.

*

Es ist etwas Gutes um das Wissen und etwas Schönes um das Glaubenkönnen. Meine Großmutter war fromm, eigenartig fromm fand ich, als ich selbst nicht mehr fromm war. Sie teilte ihre paar Groschen, die sie erübrigen konnte, auf die Sammelbüchsen der verschiedenen Heiligen in der Kirche auf. Fünf Groschen für den Hl. Antonius und zehn Groschen für die Hl. Elisabeth und so weiter. Manchmal bekam auch der Hl. Thaddäus etwas, nicht zu oft, denn der war der Namenspatron der Kirche und bekam sowieso viel. Zu Weihnachten bekam der Hl. Josef immer am meisten, weil er die meisten Sorgen um diese Zeit hatte. Mit der Familie und so. Aber ja, lachen Sie nur. Es ist ja auch lächerlich, wir lachten alle. Nur – wie meine Großmutter ihre paar Groschen bei der Statue des Hl. Josef in den Blechtopf warf und warum sie es zu Weihnachten tat – ich finde es ganz großartig. Ich liebe sie heute noch und nicht nur deswegen.

In meiner Kindheit gab es eigentlich nur einmal „reiche Weihnachten“, das heißt solche mit vielen Geschenken. Das war in dem Jahr, als mein Vater nicht mehr arbeitslos und noch nicht im Krieg war. Es gab nur ein solches Fest und einen besonders schönen Baum und eine Tafel und eine Burg und einen kleinen Schreibtisch und eine Trommel und eine aufziehbare Eisenbahn und einen Karpfen. Unglaublich viele Geschenke gab es da, viel mehr als zu den Weihnachten vorher oder nachher. Aber alle Weihnachten meiner Kindheit waren reich. Tief innen reich.

*

Ich kann mich noch an viele Geschenke von diesem Weihnachtsabend erinnern, weil es so außergewöhnlich viele waren. Sonst sind mir Geschenke kaum in Erinnerung. Aber noch immer ist die Wärme dieser Tage in mir. Selbst in den Tagen, wo wir durch verdunkelte Straßen gingen und auf Sirenen hörten. Selbst in den Jahren nach dem Krieg, wo es nichts gab. Absolut nichts. In meinem Leben waren Menschen, mit denen man reden konnte, die zuhörten, die erzählten. Wo es Wärme und Liebe gab. Menschen eben.

Soll ich Ihnen sagen, wie Ihre Vorweihnachtszeit aussieht? Ihre und Ihre? Ein Seufzen am Anfang „Ach Gott, in drei Wochen ist schon Weihnachten“, ein Seufzen am Ende „Teufel noch mal, das fehlt auch noch!“ und zwischendurch Überstunden, Betriebsweihnachtsfeiern, Geschenklisten, Einkäufe, Besorgungen, Anrufe, Hektik, Nervosität und noch etwas kaufen müssen. Und zwischendurch noch eine Weihnachtsfeier. Und noch etwas zu erledigen.

Und am Heiligen Abend – noch früher aufstehen, um noch alles hinzukriegen, und bitte dich, kannst du die Kinder nehmen, ich schaff's sonst nicht. Dann die Bescherung, fünfzehn Minuten, dreißig maximal. Und dann schnell wegräumen, Tisch decken, schnell, schnell. Schmeckt's? Vielen, vielen Dank für alles! Wegräumen, damit alles wieder in Ordnung ist. War das ein Tag! Und morgen der Besuch!

Ist es nicht so?

Oder die Flucht vor all diesen Dingen in ein anonymes Hotel, weit weg von dem Trubel.

Weit weg von der Freude.

Ich wünsche Ihnen ein paar Stunden Stille in dieser Zeit. Und das muss doch gar nicht in einem verzauberten Winterwald sein mit Rehlein und Sternlein. Und auch nach Lebkuchen muss das Ganze nicht duften. Es müssen gar keine gewaltromantischen Stunden sein. Schauen Sie den anderen zu, wie sie rennen. Reden Sie mit Freunden, zum Beispiel über Weihnachten ihrer Kindheit. Strecken Sie die Beine aus unter dem Tisch, einen ganzen Abend lang oder zwei oder drei.

Gehen Sie durch die Straßen, nach Geschäftsschluss, ganz langsam. Auch durch Nebengassen ohne Weihnachtsbeleuchtung. Oder wirklich in den Wald. Es gibt ihn auch bei der Stadt.

Wer hat schon für so etwas Zeit?

Jeder, der es will.

Machen Sie es natürlich nicht so. Denn es geht ja nicht um die Schablone, sondern um die Freude. Ich gehe zum Beispiel an einem Tag vor Weihnachten zu den Gräbern jener Menschen, die mir so wunderbare Weihnachten geschenkt haben und danke ihnen dafür. Hoffentlich konnte ich etwas von dieser unverkrampften Freude auch meinen Kindern weitergeben. Und diese eines Tages auch den ihren.

Hoffentlich.

*

Was habe ich eigentlich bekommen, früher, damals, in dieser Zeit? Ich persönlich – denn Ratschläge sind etwas Fragwürdiges und oft nahe der Schulmeisterei. Was ich in dieser Zeit bekam? In den Weihnachtstagen meiner Kindheit? Wo alle so arm waren und wenig Freizeit hatten? Zeit! Zeit füreinander. Und offene Augen und Wünsche, die man sich nicht unbedingt auf Raten kaufen muss.

Und Freude.